Angelina Nardo

Gli ospizi marini a Venezia

Antigonos

Angelina Nardo

Gli ospizi marini a Venezia

Ristampa immutata dell'edizione originale del 1869.

1ª edizione 2024 | ISBN: 978-3-38663-489-2

Antigonos Verlag è un marchio della Outlook Verlagsgesellschaft mbH.

Verlag (Editore): Outlook Verlag GmbH, Zeilweg 44, 60439 Frankfurt, Deutschland
Vertretungsberechtigt (Rappresentante autorizzato): E. Roepke, Zeilweg 44, 60439 Frankfurt, Deutschland
Druck (Tipografia): Libri Plureos GmbH, Friedensallee 273, 22763 Hamburg, Deutschland

GLI

OSPIZI MARINI

A VENEZIA

o

LA FAMIGLIA DELL'OPERAJO

TREVISO

Edizione dell' Archivio Domestico

1869

Proprietà Letteraria

Treviso 1869, Tip. Andreola-Medesin.

Nel pormi a scrivere questo Raccontino, intesi solo di corrispondere ad un invito cortesemente fattomi dall'Egregio Direttore del Periodico, *L'Archivio Domestico*, il quale impegnavasi spontaneamente di pubblicarlo a favore degli Ospizi Marini.

Un po' di bene che ne risultasse, un indulgente sorriso di chi avesse a leggerlo, sarebbero per me il più gradito compenso.

ANGELINA NARDO

I.

IL LAVORO

Passando sull'imbrunire per uno di que' calli angusti ed oscuri, come ve ne hanno tanti a Venezia, prima ancora che l'occhio avesse sconto sul muro, a mezza altezza di una persona, una piccola finestra, dalla quale usciva una debole luce che andava a riflettersi sulla muraglia di fronte, alcuni colpi secchi e misurati di martello ti avrebbero fatta conoscere la dimora di un operajo. Poi, guardando attraverso all'inferriata, avresti assistito ad una di quelle scene di famiglia, che, sebbene comuni assai, pure hanno sempre nuove attrattive per chi attentamente le osservi; polchè si è nella famiglia dove si manifesta l'uomo con più schiettezza che altrove, e disvela il suo cuore e mostra tutta quella forza di sentimento, di cui è capace.

La stanza, in cui potevi spaziare collo sguardo, era bassa ed angusta, e le pareti, quà e là grommate, ben dimostravano quanta ne fosse la umidità. Un lumicino appeso al soppalco spandeva tutto all'intorno una luce bianca ed uniforme. Contrastavano colla miseria dell'abitazione una pulitezza

irreprensibile ed un buon ordine in tutto, il che
dava fede, essersi colà esercitata la cura attiva ed
amorosa della donna.

Andrea, il buon legnajuolo, se ne stava allora
dinanzi al banco, circondato da tutti gli arnesi del-
l'arte sua, occupato a sgrossare una lunga tavola;
e tanto era intento al lavoro, che non badava neppure al suo fanciulletto, un bel biondino sugli otto
anni, che andava di già appropriandosi il mestiere
del padre col piallare a ritroso un pezzettino di
legno, traendone piccoli schianti irsuti ed irrego-
lari. Ben lo guardava sottecchi la moglie dell'o-
perajo, che allora aveva finito di rimendare alcuni
merli antichi di gran valore, che quella sera stessa
dovevano essere sfoggiati al ballo da una gran dama. Quando tutto ad un tratto i genitori venivano spaventati dalle grida del bambino, che cor-
reva a rifugiarsi fra le braccia materne, mostran-
do la manina in cui s'era piantata una scheggia di
quel legno, col quale prima si trastullava. Non appena la madre gliela ebbe estratta, impresse un
bel bacio su quella faccia pienotta, ma palliduccia,
ed asciugandogli col grembiale le lagrime che an-
cor vi scorrevano, lo rimproverò dolcemente di
aver voluto fare ciò che spesso gli aveva proibito;
poi, guardandolo con occhio, in cui si leggeva pietà, amore, indulgenza, insomma quel misto di affetti che sa esprimere lo sguardo di una madre
per la sua creatura, prese a dirgli, quasi ei potesse comprendere il senso amaro di quelle parole:
povero il mio bambino! ecco, come l'arte ti ha

fatto piangere, prima ancora che tu l'abbia impa-
rata! A badarti, pare che tu non vegga l'ora di
apprenderla; ma se sapessi le fatiche e gli stenti
di chi attende da essa sola il pane quotidiano!

Un vicino orologio suonò in quel punto otto
ore di sera. La donna si scosse, come fosse chia-
mata, gettò sulle spalle un povero sciallo, prese i
merli che doveva riportare, diede mano al fanciullo, tutto lieto di uscire, e fatto un cenno al marito, scomparve fra un labirinto di calli.

La stagione era soffocante, le vie affollate di
popolo, che andava chi sul molo a pigliare il fresco
e sentire la musica, chi a sedersi dinnanzi ad un caffè
per prendere un gelato e deliziarsi nel tempo stesso nella contemplazione di quel magnifico spettacolo, che godesi dalla riva, volgendo lo sguardo
sulle placide acque solcate appena da brune gondolette, o sulle isole circostanti, che, inargentate
dalla luna, fanno bella corona a questa altera re-
gina del mare.

Vi ha egli chi possa resistere al fascino di
quelle limpide notti, che si godono in riva alla
nostra laguna?

Ma a questi piaceri, come altresì al caldo ed
al freddo, al sonno ed alla fame, a tutto insomma,
pareva insensibile Andrea, quando doveva starsene
al lavoro per procurar di che vivere alla sua fa-
migliòla. Egli era il vero tipo dell'uomo onesto,
la vera personificazione del sacrificio volontario.
Solo, in quell'umida e melanconica dimora, dove
da poco s'era dovuto ridurre, non istava meno

bene, che se si fosse trovato in uno splendido palazzo, fra tutti gli agi della vita; la sua fronte aperta esprimeva serenità dell'anima, il suo sguardo sicuro fede nel lavoro ed in sè stesso. In sulla sera, la Rosa, sua moglie, ed il bambino uscivano a prender aria alcun poco, ed ei restava a lavorare con la sola compagnia, di un giovane gatto, che da un angolo del banco or fissava amorosamente co' suoi occhi rotondi e lucenti il padrone, ed or con briosi capitomboli e vispi giri di zampa pareva volesse ajutarlo, sbarazzandogli da' truccioli il sito del lavoro, e recandogli ad un tempo giocoso solazzo.

Non è duopo dire, che il miccio formava anche una delle più care delizie del padroncino, con cui folleggiava. Era un nuovo ospite, che avevano accolto dopo che dimoravano in quella casa per tenerne lontani i grossi topi acquajuoli, che con troppo affetto la frequentavano.

Ma a che pensava in quella solitudine il buon artiere?

A nulla di triste certo, poichè era in allora ch'ei si poneva a zuffolare una vecchia canzone, una di quelle, che, a dire del Giusti,

.   .   .   .   .   il core,
Che da voce domestica le impara,
Ce le ripete i giorni del dolore.

È infatti col metro e le parole di essa gli tornavano al pensiero l'imagine della madre cara, e tutti i ricordi soavi della bella età, che è inconscia dei dolori e aperta solo alle gioie; e poi ad una ad una gli venivano dinnanzi le amate sembianze de' cari perduti, e tutte avevano un sorriso ed una benedizione per lui, figlio onesto ed amoroso.

L'artista, che suda sull'opera del suo genio, ha sempre dinanzi la imagine della gloria, e negli ardenti suoi sogni già coglie una corona di alloro, già vede il suo nome grande ed illustre; ma l'artiere, l'umile ed ignorato artiere, che avrà egli a sognare per l'avvenire, se non evocherà le rimembranze di amore, che abbellirono i passati suoi giorni tranquilli ed onorati?

Ma in quella sera Andrea non era pur tanto lieto, come sempre, e quelle ridenti visioni non venivano a rasserenare la sua fronte.

Le parole, che la moglie aveva rivolte al bambino prima di uscire, ei le aveva serbate nel cuore, e andava fra sè meditandole. Egli, povera vittima, non conosceva neppure i suoi sacrifici, o almeno non intendeva che tali fossero quelle offerte spontanee, che dandosi sempre al lavoro, faceva all'amore di marito e di padre; sicchè studiava fra sè, a quali fatiche e stenti, che gli venissero dall'arte sua, avesse alluso, parlando al figlio, la moglie.

È vero, egli diceva, la nostra esistenza non è assicurata che dal nostro lavoro; ma grazie a Dio, abbiamo braccia sane e buona volontà. L'affetto ci sostiene a vicenda, ed oltre a ciò, possediamo una ricchezza, che manca a molti più agiati di noi, l'onestà. Dunque, quali ragioni può aver la mia Rosa per trovar tanto di brutto nell'arte mia?

Oh! s' io potessi lavorare ancora di più . . . . . .
procurare a lei ed al nostro bambino una vita migliore . . . . vedermeli tutti contenti ! . . . e le
sue braccia, vagheggiando sì dolce pensiero, con
un movimento febbrile di gioja e d' impazienza,
riprendevano il lavoro, per un momento sospeso.
Ma quell'energia era superiore alle sue forze; sicchè, quando la donna ed il fanciullo in quella sera
ritornarono a casa, ch'era già tardi, trovarono il
povero Andrea, che, spossato dalla fatica, aveva
piegato il capo sul banco e dormiva di un sonno
incerto ed agitato.

II.

LA MALATTIA

La donna, in certi momenti della vita, pare
abbia il dono di presentire il futuro; dono funesto,
che la fa soffrire doppiamente, poichè l' idea del
dolore strazia molte volte il cuore più che il dolore
stesso. La povera Rosa se l'aveva sentita nell'anima quella voce potente, che talvolta ci strappa
una lagrima anche fra il sorriso; e infatti ella
avea colto nel segno, perchè l'ora delle prove era
venuta anche per lei.

In pochi giorni, un grande cambiamento s'era
fatto nella misera abitazione dell' operajo. Il povero Andrea, che, per procurare miglior agio alle

sue creature, lavorava indefesso anche alla sera ad ora tarda, respirando sempre l'aria calda, umida, infetta di quella stanzaccia, che un raggio di sole non rallegrava mai, cadde ben presto ammalato, ed esauriti i pochi risparmi che aveva, dovette farsi condurre nello spedale. Nè questa era la sola afflizione che straziasse il cuore di Rosa.

Carletto, il suo bambino, anch'egli non era sfuggito al malefico influsso di quell'atmosfera viziata, e quindi, quando mancarono i guadagni del padre, e la fame, per la prima volta, visitò quella povera casa, e si sostituirono agli usati scarsi cibi e malsani, allora il male, covato da qualche tempo, scoppiò, e ben presto, dopo le visite allo spedale, la Rosa fu costretta di vegliare al letticciuolo del suo bambino, che si faceva ogni giorno più triste e macilento. A questa nuova sventura però non poteva far fronte senza esporre grave cimento il suo cuore, dovendo visitare il marito non accompagnata dal fanciullo. Il primo giorno in cui le fu forza di farlo, arrivò più turbata delle altre volte alla sala, ove era solita trovarlo. Si arrestò un poco sull'uscio, onde riprender fiato e coraggio, percorrendo intanto collo sguardo la lunga fila di letti, per vedervi, fra le altre, quella faccia pallida e dimagrata, che, quand'essa compariva, si forzava di atteggiarsi ad un sorriso. Numerò i letti più volte, credè per un momento di travedere, ma non s'ingannava, il letto di lui, di quello che ella cercava, era vuoto. Sentì il cuore darle un balzo così forte, come si fosse spezzato, le gambe le vacillarono, ed ella sarebbe caduta, se un infermiere, accorso per sostenerla, non l'avesse confortata col dirle, che se non vedeva il marito, era perchè lo si avea trasportato in altra sala. Ricomposta, quanto poteva, da quell'agitazione dell'animo, ella si presentò a lui, e tuttavia fu così forte, che, quando la interrogò, perchè non v'era il bambino, potè rispondergli sorridente con una pietosa menzogna, ed ascoltare i sogni che egli andava accarezzando su quel suo diletto, per quando sarebbe cresciuto; ella, che lo aveva lasciato in quel letticciuolo, ove il male pareva progredire ogni giorno nella sua opera fatale di distruzione.

Un dì, chiamato dalla Rosa, capitò il Dottore a visitare il piccolo ammalato. A vederlo, quel medico era una buona pasta d'uomo, e già lo si sapeva caritatevole coi poveretti. Esaminò il fanciullo minutamente, e intanto la madre, cogli occhi fissi su di esso, scrutava ansiosa, attraverso le lenti dei di lui occhiali, l'espressione dei suoi sguardi, e da quelli misurava la gravezza del male. Il dottore, quando ebbe finita la sua visita, mormorò alcune parole; ma ella, per quanto avesse represso il respiro e tese le orecchie, non aveva potuto tenerne in mente che due: *Scrofola ed Ospizi marini*. Ne chiese ad esso spiegazione, ma egli disse, che in quel momento aveva troppa fretta e non avrebbe potuto dirle di più. Tuttavia le promise, che si spiegherebbe un'altra volta.

Accontentandosi quindi della ricetta che le lasciò, ella corse a prender il rimedio che vi era prescritto e tornò a porgerlo al bambino, Il dottore, andava ogni giorno a visitarlo, e gliene prescriveva di nuovi , sicchè in poco tempo potè vincere la violenza del male, se non guarirlo radicalmente.

Il bambino giunse a levarsi dal letto e camminare per la stanza ; ma non era allegro, nè vivace come prima. Scomparvero anche quei lineamenti affilati, che davano tanto pena alla sua mamma, e arrotondate le guancie, tornarono le pozzette ad abbellirle; ma nello stesso tempo, il collo gli s'ingrossava sempre più e gli apparivano maggiormente visibili sotto gli occhi due macchie violacee. L'amore materno però trovava dolce lo illudersi, e prendeva per salutare quella falsa e fatale nutrizione.

III.

TERRA E MARE

Suonavano alla torre di s. Marco le nove ore, in una bella mattina di Giugno. Il cielo era sereno e dal mare tranquillo spirava un soffio leggero che esilarava, temperando gli ardori della stagione.

La riva degli Schiavoni era percorsa da gente frettolosa, che andava e veniva pe' fatti suoi, da mercanti fermi e girovaghi, che cercavano di guadagnar compratori colla promessa del buon mercato, o dagli acquajuoli che dispensavano acqua concia un soldo al bicchiere ad un gruppo di monelli, ciascun dei quali attendeva la sua volta; e mentre che il pescatore chioggiotto spiegava al sole la vela, che lo aveva condotto felicemente in porto, udivasi ad una certa distanza un battere di tamburi, un suono di trombe, che annunziavano essere disposte le fiere, rinchiuse nelle lor gabbie di ferro, a mostrarsi entro ai casotti preparati lungo la riva, per divertire coi loro giuochi o spaventare co' loro ruggiti i curiosi.

L' operosità, la vita si manifestavano altrimenti sulle acque. Là un lungo fischio ed una nube di fumo t'annunziavano la partenza o l'arrivo di un vapore; vedevi i marinaj dei bastimenti all' ancora rampicarsi sulle sarti, a guisa di ragni, e tutti intenti a rendere puliti i loro galleggianti palagi, mentre i piccoli cani dal pelo lungo e ricciuto, abbajavano insolentemente sulle tolde ai passanti. Agili gondolette e barche di ogni dimensione stavano schierate lungo la riva, e il battelliere al tuo passaggio, scambiandoti con un forestiero e masticando quella strana favella, in cui agli accenti del patrio dialetto egli accoppia spesso voci spropositate toscane e francesi, si offriva col miglior garbo di condurti sdrajato sui non sempre molli cuscinetti della sua barca alla stazione, all' isola di S. Giorgio, ove meglio ti piacesse.

In quel momento alcuni gondolieri appuntavano lo sguardo dalla parte dei giardini, daddove si vedeva avanzarsi, come un punto nero, il vaporetto, che ogni mezz'ora andava al Lido e ritornava.

Dopo alcuni minuti, era già arrivato al ponticello; i passaggieri vi s'erano scambiati, ed esso ritornava a fendere le onde, salutato dalle apostrofi poco benevole di quelli uomini che stavano a guardarlo in atto d'astio e d'invidia, stolidamente imprecando ad una delle più grandi invenzioni del secolo e a chi veniva con essa ad usurpare, dicevan essi, buona parte del loro guadagno.

Noi però li lascieremo dire, e seguiremo piuttosto il vaporetto, che porta seco due persone di nostra conoscenza.

C'erano proprio in esso, il dottore, la Rosa, ed alcune altre donne. Il dottore andava al Lido, come uno di que' buoni medici gratuitamente offertisi a vegliare i fanciulli bagnanti, le donne, perchè avevano colà le loro creaturine, che si tuffavano nell'onda marina per attingervi la sanità e rinfrancarsi la vita.

La Rosa aveva potuto sedersi vicino al dottore, ed ora abbassava gli occhi in attitudine di pensare, ora li alzava verso la faccia di lui con una espressione d'immensa gratitudine.

Infine ruppe il silenzio, e indirizzandogli la parola: signor dottore, gli disse, si ricorda il primo giorno che venne a vedere il mio Carletto? Quel giorno, Ella mi promise uno schiarimento, che sino ad oggi non trovò occasione di darmi. Angosciata, com'era allora, io attendeva il di lei giudizio sulla sorte di quel diletto, come avrei atteso quel-

lo di Dio. Non ho potuto sentire che queste due parole: *Scrofola ed Ospizj marini.* La prima intesi
pur troppo cosa voleva dire, perchè è così comune fra noi, povera gente . . . ma nella seconda,
per quanto pensassi . . . proprio . . . non ho saputo trovarvi un legame con l'altra . . . se non
giudicando, nella mia piccola mente, che i bagni
marini siano utili per la scrofola; dacchè ben vedo
che il mio bambino, da quando si bagna nell'acqua
del mare, torna ad essere quel di prima. Ma ella,
umano com'è, deve mantenere la sua promessa·
Siamo qui, (e si pose a contare il numero delle donne che erano sul vapore) siamo qui cinque madri
che tutte hanno per disgrazia taluno dei propri
figliuoli scrofolosi; non sò se altre siano, come io
sono, tanto infelice, perchè ho anche quel pove-
retto allo spedale, e tutte la preghiamo di dirci
così . . . . . qualche cosa su questo argomento . . ,
farà una carità . . . ce ne ha fatte già tante! e
non c'è anche fra le opere della misericordia, quella d'istruire gl'ignoranti?

Il dottore pensò che le parole sue potevano non
riuscire senza frutto; quindi non se ne schermì,
e di buon grado dinnanzi alle donne, che pendeva-
no dal suo labro, cominciò una specie di discur-
sino popolare, semplice assai, perchè venisse inteso
da chi lo ascoltava, e tanto breve quanto poteva
comportare il rapido tragitto che da Venezia si
fa col piroscafo per giungere a Lido.

IV.

Col nome di scrofola, cominciò egli, indicavansi un tempo alcune gonfiezze, che apparivano specialmente alle glandule del collo; di poi, gli studi più profondi dei medici fecero conoscere, che quella malattia non era locale, ma poteva bensì manifestarsi in cento maniere; invadere i visceri ed ogni parte del corpo, avvelenare, quasi a dire, il sangue, e trasfondersi così da padre in figlio.

Non v'ha chi, al pensarne i tristi effetti, non ne provi un naturale ribrezzo; ribrezzo che ne' tempi scorsi era nel popolo anche più profondo di adesso; tanto è vero, che in alcuni paesi nessuno avrebbe presa in moglie una fanciulla che ne apparisse infetta, per quanto ricca si fosse. Ma ora, il popolo par quasi addomesticato con questa terribile malattia; triste cosa, che conduce malauguratamente a giudicare, com'essa vada sempre più diffondendosi.

È forse d'uopo che io vi faccia la descrizione di un malato di scrofola? Povere madri, che avete tanto vegliato al capezzale de' vostri infermi bambini, temerei quasi di risvegliarvi nel cuore un dolor troppo acerbo, ponendovi dinnanzi il triste quadro, che voi già conoscete in ogni suo particolare. Ne toccherò quindi assai brevemente.

È fra l'infanzia specialmente, che questo male

fa le più grandi sue stragi ; e quei bambini, che han collo grosso e corto, capelli biondi, viso pallido e gonfio, labra scolorate, gambe talvolta torte, e ne' quali lo spirito è superiore all'età, ne sono quasi sempre le vittime infelici. Guai allora, se la malattia non viene curata per tempo! Trascurandola, quei poveri fanciulli possono venire travagliati da mali maggiori e irreparabili, come sarebbero la rachitide, le spine ventose, l'idropisia, la consunzione, e persino la perdita delle facoltà mentali.

Ma quali sono le cause di una malattia così spaventosa?

Eccone le principali : l'allattamento artificiale, e il troppo stretto infasciamento de' bambini ; lo scarso, il mal sano, come pure il soverchio loro nutrimento; la mancanza di pulitezza, l'abitare luoghi terreni umidi, ristretti, mal riparati da vicine fogne e poco arieggiati; il bere acqua impura, l'abuso di liquori spiritosi e l'inazione. Più di tutto però influisce lo stravizzo dei genitori, che, ridottisi perciò malsani, ne trasmettono il germe fatale a' loro figliuoli.

Studiarono i medici ogni mezzo possibile per sanare la scrofola, ma sempre difficile conobbero esserne la guarigione, quando la cura da essi prescritta non fu accompagnata da un fermo proposito ne' genitori di allontanare le cause che la producono.

Ed è a voi, o madri, che specialmente incombe questo santo dovere, a voi, che la provvidenza destinò ad essere gli angeli custodi dell'infanzia. Se amate quindi le vostre creature, se le desiderate sane e felici, procurate loro abitazioni ariose e soleggiate; vegliate sopratutto solerti alla loro mondezza, chè i mezzi a Venezia non mancano; impedite che si cibino di sostanze malsane; grandicelli, conduceteli voi stesse giornalmente e puliti agli asili infantili, ove a prò loro si alternano buon cibo, libero moto e conveniente istruzione; ma più di tutto fate d'iniziarli, per tempo e coll'esempio, alla sobrietà, alla morigeratezza ed al lavoro. In una casa, ove questa preziosa eredità, il lavoro, sia sempre passata da padre in figlio, in una casa, ove regnino l'attività ed il buon ordine, voi non troverete malattie quasi mai, ma bensì sempre salute, forza e contentezza d'animo.

Per gli infelici infetti dalla scrofola, i medici avevano già trovato un rimedio efficacissimo nell'uso dell'acqua marina, ma ne veniva troppo trascurata l'applicazione.

Giuseppe Barellai, medico fiorentino, compreso da un profondo sentimento di pietà verso le tante povere creature che soffrono di così funesta infezione, fece a sè stesso promessa di alleviarne i dolori, e vi riuscì, approfittando della nota realtà del fatto, che l'acqua del mare contiene certe sostanze atte a combatterla e vincerla. Egli ebbe il merito d'iniziare la provvida istituzione degli Ospizi marini, che sono ricoveri destinati ad accogliere, mantenere e curare gratuitamente i bambini scrofolosi durante il tempo dei bagni, e i suoi sforzi furono coronati dal conforto di non isperate guarigioni. Quando la sua voce pietosa risuonò per l'Italia, venne accolta da tutti i cuori, e con una nobile gara di carità i cittadini d'ogni classe e fortuna contribuirono generosamente all'opera santa. (*)

Ho sentito il popolo in più occasioni imprecare alla ricchezza. È una vera ingiustizia. Credete voi, che se i signori non si occupano di certe cose materiali, se ne stieno perciò sempre oziosi a godersi le comodità della vita? No ; ve ne hanno molti che si adoprano in altra specie di lavoro, assai più faticoso del vostro, nel lavoro della mente. Essi vegliano sui vostri interessi, procurano il vostro meglio, e sono egualmente premurosi di vedervi sani e felici; poichè ben sanno, che non è soltanto dal loro ben essere che venga profitto alla patria comune, bensì indistintamente da quello di tutti gli individui che la compongono; altrimenti sarebbe come in una famiglia, nella quale, se fra taluni dei suoi membri mancasse l'accordo e l'attività, cesserebbe di regnare la pace.

Ma che valgono gli sforzi de' ricchi, se non

(*) L'illustre dott. Carlo Livi, benemerito Direttore del Manicomio di Siena, tenne in quella città una lezione popolare su *la Scrofola e gli Ospizi marini*, che, per chiarezza di dottrina, semplicità ed eleganza di esposizione, può dirsi un vero giojello, adattandosi all'intelligenza di tutti. Leggesi stampata nella utilissima raccolta, intitolata la *Scienza del popolo.*

sono pure ajutati da voi, che troppo spesso avete la colpa de' mali che vi affliggono, e invece di scacciarli, li accarezzate colla infingardaggine e con altri vizj? Gli stessi Ospizi marini, a che saranno buoni, se il popolo non curerà poi maggiormente la regolatezza del vivere, la pulizia della persona e della casa, e non vorrà giovarsi di tutti quei mezzi che vengono ad esso suggeriti per affrancarsi dalle tristi conseguenze di così riprovevole trascuranza? Pensate, o madri, che non soltanto ai vostri poveri bambini saranno utili quelle previdenze e quelle cure, bensì anche a tutti i figli che verranno da essi, infine a più generazioni future. Oh! l'opera grande, l'opera meritoria che sarà compiuta per voi!

Che questo pensiero vi ponga nel cuore una nobile emulazione, e vi persuada nello stesso tempo, che se molti piangono la disgrazia di avere figliuoli scrofolosi, si è in gran parte per causa loro, chè non vollero mai smettere abitudini riconosciute tanto dannose alla salute.

Qui il dottore pose fine al suo dire. E le donne, che erano state attentissime, gli espressero unanimi la loro riconoscenza, e gli promisero di seguire i suoi consigli e di raccomandarli anche alle loro amiche.

Intanto, un fischio del vaporetto indicava vicina la meta.

V.

IL BAGNO

Il vaporetto era giunto a Lido. Tutti discesero a terra. Un uomo corse ad offrire la sua carrozza, tirata da un povero cavallo, magro, stecchito, l'unico che vi fosse là, a chi volesse con minore disagio essere trasportato alla spiaggia. Il dottore ne approfittò per abbreviare la via, ma le donne, a cui non pareva vero trovarsi a respirare quell'aria libera, in mezzo a tanta verdura, stimarono meglio di farla a piedi. Il sentieruccio, per cui s'erano inoltrate, era ricoperto di folta e molle erbetta, che non avvezze, com'erano, a vederne, sembrava loro una rarità, tanto che, per non guastarla, vi passavano sopra lievi lievi, sfiorandola appena.

Alla lor destra, l'occhio si posava su folte macchie di alberi e di cespugli fioriti, fra i rami de' quali gli uccelli cantavano i loro amori ; piccoli boschetti formavano de' misteriosi recessi, che protetti dal folto fogliame erano impenetrabili ai raggi del sole, per cui l'ombra vi manteneva perenne la più aggradevole frescura.

Poi si stendevano vaste campagne, quali ricche di lunghi filari di viti, quali verdeggianti di messi ; tratti di terra, divisi in piccole ajuole coltivate ad ortaglia; verdi praticelli, smaltati di rossi papaveri e di candide campanelline. L'odore dei fieni di recente raccolti, tanto gradito a chi non abita nella campagna, solleticava l'olfatto, e la cicalla col fruscio monotono dell'ali pareva lagnarsi dell'ardore della stagione, se non forse rimpiangere la sua troppo breve esistenza.

Era una di quelle care scene di campagna, che invitano al riposo ed all'obblio d'ogni cura della vita, e le donne già ne provavano l'effetto, sentendosi agili, quasi rinate, contente. Più facile veniva ad esse il respiro, le nubi che oscuravano le loro fronti erano scomparse, il peso che opprimeva i loro cuori, alleggerito. Pareva, che allontanandosi da Venezia, avessero lasciati là i loro fastidi, le inquietudini, i dolori. Ma quando, volgendosi a sinistra, guardarono attraverso la siepe che fiancheggiava la via, le loro illusioni svanirono tutte in un punto. Non se ne dolsero però, chè trovarono ben gradito compenso in una nuova scena, bella e piena d'incanto, che s'offerse a' loro sguardi meravigliati.

Lontano, lontano, baciata dagli azzurri suoi flutti e immersa ancora in un leggiero vapore sorgeva Venezia, colle sue cupole altere e co' suoi cento sontuosi edifizi.

Allo scorgerla emergere sull'orizzonte, circondata dalle ridenti isolette, superba del suo palazzo ducale, le cui svelte colonne e i cui mille trafori rimpiccioliti dalla lontananza, parevano tutto un lavoro a filagrana, l'avresti detta una splendida visione, l'opera di una fata. Le veneziane, orgogliose di esserne figlie, si arrestavano ad ammi-

24

rarla, volavano ad essa col cuore; ad essa, testimone delle gioie della lor vita, innanzi che avessero a provarne i dolori. Ma quest'ultima idea, richiamandole allo scopo per cui si trovavano là, fece sì, che, affrettando il passo, guadagnassero la via diritta che conduce alla spiaggia, e in pochi minuti appunto vi si trovassero.

Il sole, ormai giunto a notevole altezza, rendeva infocata la sabbia che calpestavano, ma dal mare spirava un venticello esilarante. Non era per quella infinita pianura, che nell'estremo lembo pareva confondersi col cielo , e su cui galleggiavano, come bianche colombe, le vele de' lontani navigli, che erravano gli sguardi di quelle donne, bensì cercavano esse qualcosa lungo il Lido. In quello le raggiunse il Dottore, e additò loro un sito lontano sulla superficie dell'onde che lambivano la spiaggia, ove si vedevano tratto tratto sorgere tanti punti neri che si agitavano. Corsero là, e vi trovarono i loro figliuoli. Fra la spuma e il lucicare de' flutti tutte quelle care creaturine, tutti quei corpicciuoli infermicci e macilenti si ravvolgevano, si tuffavano, guizzando, come tanti piccoli pesci; chi scherzava collo specchio trasparente, immergendosi fino a' capelli, chi gettava fremiti di gioia o gridi di paura. Il mare, l'immenso e terribile mare, allora calmo e tranquillo, pareva prender parte a gioie tanto innocenti; le onde d'argento, accavallandosi le une sulle altre, sembravano gareggiare nel profondere a que' poveretti i loro tesori, e il loro lieve e dolcissimo mormorio suonava come una voce di pace e di speranza. Ed essi, oh! la sentivano quella voce potente, benefica della natura. Come allora erano vispi e folleggianti! come, quasi dimentichi dei mali che affliggevano le loro povere membra, si abbandonavano con entusiasmo a que' sollazzi, e godevano di tutti quei beni inestimabili che Iddio prodiga maggiormente all' innocenza.

Al comparire delle cinque donne, cinque testine s'erano sollevate, cinque piccoli cuori avevano raddoppiati i loro palpiti, cinque voci argentine avevano gridato: Mamma! Mamma!

Fra quei bambini sappiamo che c'era anche Carletto, il figlio della Rosa. Quando ella lo vide, là si slanciò verso di lui, si chinò sulla spiaggia, dove l'onda moriva, aperse ambe le braccia, compose le labbra, come se dovesse imprimergli un bacio, lo attendeva, voleva stringerlo al seno, . . . ma il bricconcello godeva sottrarsi per celia a quell'amplesso, e a Rosa non restava che di invidiare quell'onda bianca, spumeggiante, che aveva tante volte accarezzato il corpiccino fragile e malato del suo figliuolo e di ricambiare ad essa, colla riconoscenza dell' animo, quel bacio salutare, quel bacio rigeneratore, che prometteva ridonarglielo sano, vispo, allegro come altra volta.

L' ora del bagno era trascorsa, e indossate le loro vesticciuole, i fanciulli e le fanciulle, prima divisi, s'erano insieme riuniti sopra un verde praticello, ivi trastullandosi fra loro ed attendendo la colazione.

Che senso ineffabile di compassione e di affetto provava il cuore nel vedere quei cari gruppi, quelle amabili personcine, quelle fisonomie pallide ed intelligenti, in cui per lo più leggevasi una penetrazione superiore all'età; poichè il dolore rende anzi tempo maturo alle riflessioni chi ebbe la mala sorte di crescere alla sua scuola! Come erano toccanti quelle piccole amicizie strette ed alimentate dalla stessa sventura! E che contrasto facevano, in alcuni di quegli angioletti dalla chioma bionda e ricciuta, dalla pelle fina e trasparente e dai labbruzzi di porpora, che parevano nati per cogliere tutto il dolce della vita, le povere e sdruscite vesti con cui erano ricoperti, che accusavano ne' genitori una miseria, grande sì, ma pur non scevra d'inerzia! Al fascino di quegli occhietti scintillanti, che si fissavano ne' tuoi e parevano chiedere nel tempo stesso affetto, compatimento, pietà, una lagrima d'inconsolabile amarezza ti sarebbe scesa dal ciglio, ove non avessi potuto prevedere, che quella sofferente e fiacca generazione che ti stava dinanzi, poteva ben presto cangiarsi in altra, piena di salute, di attività e di vigore.

E a chi il merito di ciò? A Dio onnipossente dapprima, che trasfondendo nell'uomo la sua divina scintilla, lo rese capace di usare a proprio vantaggio delle grandi forze della natura; poi. alla benefica e salutare istituzione degli Ospizi marini, e a tutti quei generosi, che inspirati dal nobilissimo sentimento della carità e s'adoperano

con la più efficace sollecitudine a diffonderne l'in-
contestabile vantaggio. (*)

VI.

LA GUARIGIONE

Ho fatto spesso un'osservazione sui bambini di
Venezia, e specialmente su quelli di tenerissima
età, che non possono avere ancora un' idea delle
delizie campestri. Se avviene loro talvolta di pas-
sare per uno de' nostri *campi*, ove, fra le pietre
sconnesse del selciato, spunti qualche filo di erba,
un naturale impulso li trae sempre a raccoglierla
o a porvi per 'trastullo su il piede. Mi pare che
questa tendenza in esseri che non sanno ancora
rendersi ragione dei moti della loro volontà, di-
mostri quanto sia prepotente nell'uomo il bisogno
di godere dei beni e delle bellezze che ci offre la
campagna.

La campagna! il nostro piccolo Carlo aveva
sentito a ripetere più volte dal babbo e dalla mamma questo bel nome nei loro momenti felici, ma
come un sogno lontano, come un bene immenso,
a cui sarebbe stato impossibile lo aspirare. Quante
volte nella sua testina aveva accarezzata l' idea
di questo gran bene! Che voli faceva la infantile
sua fantasia attraverso quella, per lui sconosciuta,
parte del mondo, che egli aveva potuto a mala
pena intravedere negli imaginosi e ridenti rac-

conti materni! E un punto solo era bastato a svelargli tante bellezze, tanta felicità! Infatti, fin dal giorno che lo condussero a Lido, e potè respirare quell'aria aperta e pura, e spaziare collo sguardo sulla verdeggiante pianura, ed esser tirato sopra un gran carro da due bellissimi buoi, gli parve che non vi dovesse esistere una campagna più deliziosa di quella, e al primo sentimento d'ebbrezza che ne provò, successe in lui un rapido cangiamento d'umore, parve dimenticare le sue sofferenze per darsi tutto al nuovo e favorito pensiero. Tanta forza una idea può avere sul fisico!

E se quella della campagna così utilmente influì su Carletto, quale sarà mai, oltre al bene che ne avranno i grami corpicciuoli, la salutare impressione morale, che la vista del mare farà sull'anima dei fanciulli di terraferma? Sarà impressione tanto grande quanto quella che provano i Veneziani della vista delle montagne, e forse maggiore! Poichè lo sguardo degli abitatori delle marine, avvezzo a dominare spazi sterminati, e spingersi sin là, dove pare non avervi altro confine che il cielo, cerca il cielo pur sempre, anche dietro a quelle grandi alture che si slanciano fra le nubi. A un'anima, che dinnanzi al mare abbraccia l'immenso, la vista delle montagne può sembrare come una barriera posta fra terra e cielo.

Oh! perchè l'occhio umano non può farsi talvolta scrutatore degli arcani moti delle anime infantili, e come fa il pittore delle scene più vive della natura, cogliere il sentimento in tutto ciò

ch' egli ha di più bello, di più grande, di più sublime ?

Quanto piacere nell'essere a parte di quegli im-
provvisi turbamenti, e vedere le rapide mutazioni
che su quelle tenere menti, ed in quei vergini cuori
dovrà produrre la vista tanto solenne, tanto impo-
nente del mare!

Pascal, sentendo viva nell'anima l'idea del sublime, dinanzi al pensiero della sua immensità,
quasi smarrito esclamava : *Il silenzio eterno degli
spazi infiniti mi spaventa!* Ma perchè l'uomo
provi tale sgomento dalle sue stesse impressioni,
è duopo abbia vissuto alla grande scuola della vita,
tanto d'averne potuto sentire le agitazioni, le tem-
peste, e le amare disillusioni.

Alla vista nuova e sublime del mare, non sarà
certo il terrore, che adombrerà colle oscure sue
ali quegli orizzonti sereni in cui spaziano fidenti
le anime inconscie e candide dei fanciulli; essi
bensì sapranno fra quei silenzi distinguere arcane
armonie, e la vista di quel mare, sulle cui volu-
bili onde pare trasvoli più potente che altrove il
soffio della libertà, sveglierà forse nel loro cuore il
primo germe di questo alto sentimento, che Iddio ha
posto nel cuore di ogni sua creatura, e senza del
quale la dignità umana non è che vana parola.
E poi, in quella tenera età, in cui l'anima è scevra da ogni cura e da ogni pensiero, non è forse
la natura tutta un sorriso ed una eterna sorgente
di gioje sempre nuove e vivaci?

A questa cara indipendenza dello spirito, ch'è

il più prezioso tesoro dell'infanzia, non è a dubitarsi che anche Carletto dovesse molto la sua salute. Infatti, cominciò a manifestarsi in esso un visibile miglioramento, e la cura dei Bagni marini pareva ogni giorno aggiungere nuovi vantaggi a quelli già ottenuti. La Rosa, piena di speranza, ne gioiva assai; dal bene del suo bambino dipendeva in gran parte quello del marito, che si trovava tuttavia allo spedale.

' Al povero Andrea, tanto amoroso per la sua creatura, il sentirla ammalata, e il non vederla da lungo tempo, era stato come un colpo di freccia, sì che dalla convalescenza, che avea raggiunto, eraglisi esacerbata la' infermità.

Nelle notti insonni, fra il delirio della febbre, strane visioni agitavano il suo spirito. La sala, fioccamente rischiarata, cangiavasi per lui in una stanza mortuaria, e i letti circostanti, in barelle preparate per esso, per la Rosa e pel loro figliuolo. Allora si alzava a sedere sul letto, faceva l'atto di strapparsi i cappelli per disperazione, ma poi ricadeva sul guanciale, stanco, affranto, assopito.

Dopo tanti giorni agitati, venne a ritrovarlo la Rosa, un po' rincorata, e gli disse della visita del dottore, dei Bagni marini, del miglioramento, di tutto.

Allora si sentì rinascere il coraggio smarrito, e si die' forza, pensando che doveva vivere per quel suo diletto. Ancora pochi giorni ed esso avrebbe potuto venire a dargli quel bacio, a cui egli aveva tanto temuto di dover rinunziare! Ancora pochi

giorni, e la pace, l'attività, il benessere sarebbero
tornati ad allietare la casa dell'onesto operajo!
Che dolci sogni! Ed essi in poco tempo comincia-
rono a divenire realtà.

Carletto, appena potè reggersi, fu condotto dalla
madre allo spedale a trovare il suo babbo, e allora
que' due esseri, sfuggiti nello stesso tempo alla
morte e che un sì stretto vincolo rannodava, pote-
rono confondere in un lungo e dolcissimo amplesso le
loro lagrime, mentre la Rosa, guardandoli commos-
sa, benediceva in cuor suo alla sorgente di sì gran
gioia, alle cure prodigate dall'Ospedale, ed ai bagni
marini, che ridonavano nello stesso tempo un padre
alla sua famiglia e l'unico figlio ai suoi genitori.

VII.

LA SORPRESA

Quindici giorni erano scorsi da quella scena,
ed una gondoletta, partendo dall'Ospedale, si in-
noltrava per gli stretti canali di Venezia. Dopo
alcun tempo, avea raggiunto un bel *campo* soleg-
giato, s'era fermata alla riva, e n'erano uscite
tre persone, Andrea, la Rosa e Carletto.

Andrea non sapeva il perchè dell'essere smon-
tato in quel luogo, così discosto dalla sua vecchia
abitazione, ma la Rosa lo aveva voluto, ed egli
non l'avrebbe contraddetta per tutto l'oro del

mondo. C'era però Carletto, che, precedendoli, si voltava ad ogni momento, e guardava il padre con un'aria furbetta e sorridente, che pareva volesse nascondergli qualche cosa di lieto. Ma il buon artiere era d'animo troppo semplice per addarsene, e per ciò gli riuscì dal tutto inaspettata la sorpresa che lo attendeva.

Dopo alcuni passi, la Rosa si fermò, e additò al marito una bella casetta, imbiancata di fresco, colle sue verdi imposte, e sotto, un comodo luogo da servir di bottega, che faceva voglia a vederla.

Che ti pare, chiese la Rosa? Bella! bella! rispose egli, ma . . . . , aggiunse con un sospirone, sono case da lasciarle ai signori.

Ella però fece le viste di non intendere, poichè prendendolo per il braccio volle farlo entrare.

Che dirò della emozione di Andrea, quando girando intorno lo sguardo, vi trovò, disposti a luogo, tutti gli arnesi dell'arte sua, quei cari amici, che aveva dovuto abbandonare così a malincuore, e rivide ad uno ad uno i suoi vecchi mobili che amava tanto, e sentì il noto miagolio del suo fedele miccino, che facendo mille sgambetti era accorso anch'esso a fargli festa e a strofinarsegli lungo le gambe.

La emozione fu in esso così grande, debole com'era, che dovè abbandonarsi sopra una sedia, e volgendosi poi alla moglie, cogli occhi pieni di pianto, non potè che dirle: Non t'ho sempre detto io, che tu se' l'angelo della mia vita? Oh! in quel momento, essi erano veramente felici!

Brava la Rosa, dirà chi mi legge, perchè subito mise in pratica gli avvertimenti del dottore! Ma, da mia parte, domanderò io: essa, poveretta, che in assenza del marito avea dovuto qualche sera coricarsi senza essersi per anco sfamata, che per quanto vegliasse al lavoro, a mala pena poteva soddisfare alle prime necessità della vita, avrebbe potuto essa, in questo mezzo provvedere da sola e disporre tante belle cose? no certamente. Quella famigliola doveva bensì quasi tutta la sua presente felicità ad uno di quegli esseri, che fortunatamente non sono pochi, i quali, quanto più nuotano fra gli agi della vita, tanto più sanno investirsi della miseria, in cui spesso versano, senza lor colpa, virtuose famiglie.

Non so se ricordate quella gran dama, per cui aveva la Rosa rimendati alcuni merli antichi. Era essa che aveva vegliato in soccorso di quegli infelici, essa che aveva preparata a proprie spese pel suo protetto quell' abitazione più salubre e più conveniente ai di lui bisogni.

Quale soddisfazione non avrebbe provato il cuore di lei, se avesse potuto essere presente a quel gaudio domestico, e sentire le benedizioni che il povero dava al suo nome! Ma non certo maggiore di quella che proviamo noi, nel sapere alfine felice quella buona famiglia, e nel vedere al tempo stesso la ricchezza porgere così nobilmente il braccio alla povertà onesta.

VIII

CONCLUSIONE

Ecco tracciate alcune pagine della vita di uno de' nostri operai. Quantunque dolorose, non lasciano senza conforto, poichè risplendono in esse le vere virtù famigliari, l'onestà e l'amore al lavoro.

Il dolore, che avvilisce le anime fiacche, dà novella energia alle forti, che sanno serbare anche in esso la loro dignitosa alterezza; ed è assai meno infelice chi soffrendo può dire: non è questo un castigo che io mi abbia meritato.

Meritava egli infatti, Andrea, l'artiere onesto e laborioso, le disgrazie che l'avevano colpito?

Costretto, per sua mala ventura, a ridursi colla sua famigliola in una di quelle catapecchie di cui pur troppo abbonda Venezia, dovette ad essa l'origine dell'infermità sua e di quella del suo bambino.

Nè d'esso fu l'unica vittima dell'abbandono in cui stette fino ad ora fra noi un ramo di medicina più d'ogni altro valevole a mantenere la salute, qual si è l'igiene.

Il popolo Veneziano, che ammiravasi in antico qual tipo di robustezza ed attività, ora si vede in gran parte degenere dagli avi suoi, poichè regnano in esso quei malori che sempre conseguono all'ozio, allo stravizzo ed alla miseria.

Infatti, è deplorabile che tanto numerosi siano in Venezia, e si lascino così facilmente aumentare quei luoghi di abbandono, se non sempre di immorale ritrovo, dove il popolo nostro passa le lunghe ore della sera, respirandovi aria viziata fra l'ebbrezza del vino e sciupando il guadagno, fosse pur solo, della giornata, mentre fra le pareti domestiche potrebbe assaporare il frutto ben più soave di una onesta temperanza. - Il preparare al popolo, quante più si potesse, comode e sane abitazioni, sarebbe anche togliere ad esso uno de' pretesti, che possono trascinarlo a frequentare quei tristissimi luoghi.

Egli è persino accanto ai palazzi, di cui va superba Venezia, e ne' quali i padri nostri profusero tanti tesori, eternando colle loro virtù la gloria ereditata dagli avi, che stanno in parecchie di quelle misere dimore, dove si annidano, aggirandosi ne' dintorni, come fantasmi della fame e della miseria, uomini oziosi ed abbrutiti dal vizio, e donne cenciose e ributtanti, che chiedono un pane pei loro bambini intristiti e macilenti. Che sarebbe di questi, vittime innocenti, se la carità cittadina non aprisse loro le braccia e non le raccogliesse sotto il suo manto?

La proverbiale carità veneziana accorse sempre a sollievo della miseria, ma i generosi impulsi del cuore si attemperano al presente a più saggi divisamenti. La carità non vuol cedere oggidì a quel cieco sentimento di effimero effetto, che termina coll'isterilire il campo della vera beneficenza, ma più s'attiene a que' principi che la rendono maggiormente profittevole. E in vero, qual via può additarsi ad un popolo, più sicura e insieme più nobile e vantaggiosa di quella che lo indirizza colla educazione ad un retto fine, lo ritempra al sentimento della propria dignità, ne rialza la volontà affievolita, ne raccoglie in uno le forze divise e lo rannobilisce alla grande scuola del lavoro, ch'è tra le prime fonti di ogni bene sociale?

Ma perchè il popolo divenga attivo, e capace di grandi azioni, è d'uopo anche riconosca i suoi più urgenti personali bisogni, e sappia che a migliorare le sue presenti condizioni è indispensabile ch'ei si ponga a praticare le utilissime norme che gli addita l'igiene; per cui, acquistando egli la robustezza delle membra, non abbia mai a venir meno alle aspirazioni della volontà.

La necessità di tali istituzioni, dacchè specialmente abbiamo raggiunta la sospirata èra del nostro riscatto, mosse gli animi ad estenderle, ben più che prima nol fossero, anche fra noi. Sorse quindi una società diretta a promuovere l'allargamento di quei vicoli malsani, che qui trovansi in soverchio numero, si die' sollecita mano allo scavo degli interni canali, alla regolazione dei pozzi neri, all'erezione in siti aperti e spaziosi di vaste case operaje; si stabilirono cucine economiche, magazzini cooperativi; ed agli asili di carità per l'infanzia, già vecchia istituzione fra noi, tentasi oggidì congiungere anche l'attuazione del grande concetto di Fröbel, quello, cioè, dei giardinetti diretti alla prima educazione dei fanciulli nella più tenera età; stanno per estendersi, oltre a ciò, sempre più gli ospizi destinati a raccogliere i vagabondi ed educarli alle arti ed ai più vantaggiosi mestieri, non che a rimetterli in quel sentiero di condotta morale, del quale avevano perdute le traccie, seppure fossero state segnate ad essi dai genitori. L' istruzione va diffondendosi mediante le lezioni serali gratuite; e nelle scuole s' introdussero gli esercizi ginnastici; tutti provvedimenti atti senza dubbio a far ritornare la nostra popolazione alla vigoria primitiva.

Ma ciò che più di tutto si desidera, è che il popolo s' abitui alla pulizia personale e domestica. Chi sente il bisogno della propria mondezza, ha necessità di corrispondente guadagno, e non può aversi guadagno senza lavoro.

Da ciò emerge la necessità di stabilire in ogni uno dei nostri quartieri un bacino pei bagni popolari gratuiti e pel nuoto; locchè varrebbe pure a liberarci dalla indecenza e dall' incomodo, cui ci lascia esposti la mal curata tutela delle discipline, che proibiscono di nuotare nei rivi. Da ciò anche il bisogno di lavanderie popolari a tenue prezzo.

Dopo questi tocchi, temerei dilungarmi di più. Ciò che specialmente ho voluto dimostrare nel mio racconto si fu l' utilità pratica degli Ospizi marini; concetto, al quale rese poco fa una splendida testimonianza di approvazione il concorrere, che fecero col loro obolo tutte le venete provincie; e un' altra splendida non meno ne diede certamente il cospicuo reddito della fiera di beneficenza.

La salubrità del sito, nel quale si erigerà in Venezia l'Ospizio, e la sua amenità (*) chiameranno al certo gran numero di concorrenti; le guarigioni si moltiplicheranno, e quel mare, che fu prima fonte della grandezza de' nostri padri, tornerà coll'opera sua salutare a ricostituire la nostra, redimendoci all'attività ed al lavoro.

Venezia. Giugno 1869.

(*) A titolo di ben dovuta riconoscenza. va qui notato, come l'egregio Sig. Gio. Busetto Fisola di Venezia, già per altri titoli resosi benemerito dell' istituzione degli Ospizi Marini, siasi acquistato nuovo diritto a lode speciale, pel generoso dono, che fece spontaneo al Comitato promotore, di ben otto mila metri quadrati di terreno sulle sponde del mare, perchè ivi si possa costruire l'Ospizio con ogni necessaria comodità.

LA FIERA DI BENEFICENZA

A FAVORE DEGLI OSPIZI MARINI IN VENEZIA

Al Racconto – GLI OSPIZJ MARINI A VENEZIA – credo
opportuno di far seguire – LA FIERA DI BENEFICENZA.

Fu la stessa gentile signora che la descrisse
pel giornale L'ARCHIVIO DOMESTICO, il quale pro-
mosse e raccomandò con amore la santa ed
utile istituzione degli Ospizi marini.

Alle nobili Signore che con tanta annega-
zione si prestarono per quella festa, la quale
dovea procurare così rilevante reddito al-
l'istituzione, e a tutti quegli animi bennati
i quali concorsero alla buona riuscita, non
sarà discaro che la ricordanza di quella festa
sia affidata a questo libretto, che ha pure lo
stesso scopo, e leggendone la descrizione vi
potranno gustare non solo la memoria, ma
anche il conforto di aver fatto un' opera
buona.

L' EDITORE

Se dovessi descrivere una di quelle fiere di campagna, che mettono tutto sossopra un paese, e presentano inevitabilmente un andiri-vieni di genti e di bestie, un cigolare di carri per le vie polverose, un frastuono di voci e di litigi indiavolati fra chi vende e chi compra, è tanta l'uggia che provo a pensarlo, che ad alleggerirmene il peso varrebbe forse soltanto il ricordare la descrizione di un mercato, che ho letta egli ha qualche tempo in questo giornale; poichè in essa il brioso scrittore ne tocca così piacevolmente ed al vivo i quadri diversi, che par proprio di essere là, e vedervi i cavoli ammonticchiati, le povere galline legate assieme, i porcellini di latte stizzosi ed imbizzariti, e mille altri oggetti insieme.

Per fortuna la fiera di cui voglio parlare, era ben altra cosa, per la grande differenza, che mentre nelle fiere comuni il privato interesse emerge supremo dominatore, dacchè ciascuno degli individui che vi concorrono pensa per se i migliori negozi possibili, in questa, promossa da sentimento generoso, l'interesse di tutti non era che un solo, e vôlto all'unico scopo di contribuire al più proficuo suo risultamento in benefizio degli Ospizi Marini.

Si disse sempre che le gioje più pure derivano

dalla carità, e che nessun piacere supera quello che si sente nel fare una buona azione. E di fatto, il sorriso che nei giorni di quella fiera pareva infiorare ogni labbro, quella certa espressione di contentezza, che spontanea erompeva dall' anima e si manifestava sul volto e negli atti di ognuno, non n' era forse nuova e splendida prova ?

Dopo il meraviglioso concorso di cittadini di ogni classe e fortuna che si affollavano agli uffizii, già prima designati per presentare la loro offerta in denaro o in oggetti più o meno ricchi di intrinseco valore o di dolci memorie di sentimenti ed affetti, dopo una raccolta di doni così abbondante da sorpassare la più grande aspettazione, quelli a cui non fu dato assistere allo spettacolo, s' immaginino il nostro Giardinetto Reale aperto al pubblico in un bel giorno di aprile. Le molteplici bandiere nazionali, festosamente spiegate dalla fresca brezza della laguna, fan quasi omaggio degli splendidi loro colori a quella natura, onde ebbero a trarsene i tipi, per esprimere il valore, le lealtà, le speranze sempre vive della nazione. Le melodie musicali, inebbriando lo spirito coi loro tocchi soavi, attraggono quasi magicamente, in quell'ameno recinto. Quivi capannuccie e chioschi eleganti, disposti fra gli alberi allo svolto d'ogni viale, tengono in leggiadra mostra i mille e mille doni da vendersi, e il valore di questi, è facile a pensare come venga aumentato a dismisura dal brio e dai seducenti sorrisi, con cui studiano d'offrirli le gentili venditrici, per trarne maggior vantaggio alla loro opera di carità.

Dicono che la donna, in certi momenti, sa dare al suo volto un'espressione, a cui non è possibile resistere. Certi romanzieri di cattivo gusto, hanno avuto persino il coraggio di paragonarla al fascino del serpente. Comunque sia, egli è un fatto, che quelle signore hanno saputo esercitare su tutti una potenza incredibile, e che quanti tenevansi per così forti da poter resistere al magnetismo delle loro attrattive, fu pur d'uopo che vi cedessero, come tanti pesciolini colti alle reti. E l'idea della pesca della fortuna! Che belle burle toccarono a tutti quelli che s'erano figurati avere in ricambio ai loro venticinque centesimi cose ammirabili! Chi trovò una piuma, chi una perla di Murano, chi un confetto. Fra gli altri, ad un ufficiale della Guardia Nazionale, che m'era vicino (e non fu de' più sfortunati) sortì fuori un soldadino di legno, giusto di quelli con cui si trastullano i bimbi. I presenti ne risero a crepapelle. Che maliziose quelle signore! Ed erano proprio esse, che facevano gli onori della festa, esse, che ti servivano di caffè, che ti vendevano ed accendevano il sigaro, che ti offrivano un fiore. Tu erravi solitario, in certa guisa, tra la folla, inebbriato di quell'ombra, di quei profumi, di quella poesia, ora osservando le svelte forme degli alberi, ora le ajuole fiorite del giardino, quando d'un tratto la leggiadra personcina di una bella floraja, che aveva osservato, a tua insaputa, l'ammirazione che ti destavano i fiori, spuntava da un verde cespuglio e veniva colla sua cestella sul braccio ad offrirtene un mazzolino. Dovevi por mano alla borsa e retribuire quanto più generosamente il cuore ti suggeriva . . . ma non l'avevi ancora ben chiusa, che una vocina insinuante pronunciava il tuo nome, con dolce violenza ti chiamava a sè e ti metteva in mostra, più accortamente che non avrebbe fato un vero mercante, i pregi dell' oggetto che volea farti comperare. Nasceva allora una piacevole gara di spirito tra la venditrice ed il compratore, e per ultimo, l'oggetto in questione passava sempre dalle mani della prima nella saccoccia del secondo, mentre i denari, viaggiando viceversa, non tardavano d' andarsene a figurare sul registro dei guadagni, la cui regolare tenuta dava tanto da fare ai bravi segretari, che s'interessavano non meno delle signore al più felice esito della fiera.

Vorrei possedere la magica verga di una fata, e vedermi dinanzi bella, svariata, tutta spirante di vita la scena di quei tre giorni. Vorrei ancora aggirarmi per quei sentieretti, all'ombra di quelle piante e aspirare le esalazioni balsamiche del magnifico pergolato di *glicine,* carco de' suoi bei grappoli di fiori d' un lilla pallido, attraverso ai quali godevano scherzare i raggi del sole, producendo graziosi riflessi di luce sugli oggetti sottostanti. E a quella luce stessa veder agitarsi una folla curiosa e godere dello spicco, che gli abbigliamenti donneschi, vari di foggia e colore facevano su quel verde tapetto, smaltato di bianche margheritine. L'alternarsi della musica col lieve stormir delle frondi, il confuso mormorio di tante voci festose, il trovar là riunito quanto ha Venezia d'eletto e gentile, tutto infatti era un assieme piacevolissimo, tal che pareva di assistere, più che ad una pubblica festa, ad un lieto campestre convegno di famiglia.

Ai tanti forestieri, che per la prima volta visitavano Venezia in quei giorni, il giardinetto reale doveva sembrare un incanto, poichè la sua posizione offre una vista unica al mondo. Infatti dovunque il loro occhio si volgesse, trovava nuove e stupende meraviglie, chè tali sono veramente quelle che l'arte ha saputo schierare colà d'intorno: il tempio della Salute, cioè, che s'innalza maestoso un po' a destra, e la graziosa torricciuola in punta alla dogana; di faccia, l'isola della Giudecca; più in quà, l'elegante prospetto di S. Giorgio; a sinistra la bruna macchia dei pubblici giardini, donde si parte una curva superba segnata dalla riva dei Schiavoni, la quale viene a metter capo a quel giojello d'arte, ch'è il palazzo Ducale. Si aggiunga per essi la fortunata combinazione, che senza

bisogno di frequentare le sale dell'alta società, ebbero in quel recinto facile modo di formarsi una vera idea di quel brio e di quell'umore originale che ai Veneziani non verranno mai meno, finchè resterà vivo il loro grazioso dialetto, che tanto si presta colla sua dolcezza a raggentilirne la naturale vivacità. A dar alimento alla quale, ed a cooperare in pari tempo all'accarezzata idea del guadagno, servì pure l'opera di qualche spiritoso artista, che si offriva ai cenni di chiunque avesse voluto da lui il proprio ritratto più o meno grottesco.

Intero però ed indescrivibile si fu l'incanto nella sera del terzo giorno, in cui, come appendice al gradevole trattenimento, il giardinetto risplendeva di cento e cento fiammelle. Era la scena dei giorni addietro, ma resa maggiormente poetica dalla bellezza di una notte rischiarata dalla luna, e dal bagliore di tanti lumi variopinti, che davano grazioso risalto alle capricciose forme degli alberi.

Chi non s'arrestò estatico in quella sera, ad ammirare il magico effetto di quell'albero, che, posto a destra dell'entrata del giardinetto, espandeva, a mo' d'ombrello, gli snelli suoi rami spogli di foglie e tutti coperti di rosei fiorellini, e che per la luce, che ne rendeva più pallide le tinte, pareva suffuso da un lieve vapore e quasi sembrava, più che realtà, una fantastica apparizione? E a chi non parve graziosa assai la cupoletta del caffè, che in fondo al giardinetto risplendeva come un sol fuoco, e per la lontananza parea trasparente? In quella sera anche le botteguccie erano tutte lumi, e le gentili signore, anzichè mostrarsi stanche dal lavoro continuo di quei tre giorni, erano animate più che mai. Pareva anzi, che fossero addomesticate col pubblico curioso che si affollava intorno ad esse, ciò che naturalmente le rendeva più disinvolte, più accorte, e lasciava loro esercitare maravigliosamente quel tatto speciale che ha la donna, di commisurare alle circostanze il proprio contegno. In quella sera si estrassero le lotterie degli oggetti invenduti; e quando fu sul tardi, un rauco suono di tromba annunziava ad ogni istante, lo aprirsi di nuova asta. Allora le coppie disperse per misteriosi viali, si univano, si raggruppavano e accorrevano là, dove le venditrici mostravano gli oggetti da vendersi, e gli assistenti, magnificandone i pregi con garbo brioso, ne assegnavano il prezzo.

Ma lasciamo la gente approfittare di quel buon mercato, e andiamo a godere un po' di fresco, poggiati alla balaustrata del giardino, che dà sul mare.

Com'era limpida la notte, e come splendeva la luna, piovendo fasci di nitido argento sulle acque increspate da legger venticello, e commosse dallo agitarsi e dal trascorrere di mille barchette, quali adorne di lumi entro a palloncini colorati, e quali mute ed immerse nell'oscurità! Tratto tratto s'accendevano in quelle, a render maggiore l'incanto, fuochi del bengala, e allora, fra le nuvolotte di fumo e gli sprazzi di luce variopinta, le barchette galleggianti, i gondolieri sospesi sul remo, quella moltitudine spettatrice, parte nell'ombra e parte rischiarata da vivissime tinte, tutto l'insieme di quella scena formava un quadro fantastico è tuttavia animatissimo. Pareva che il popolo là raccolto fosse accorso a mostrare, ch'ei sentiva nel cuore e gradiva quella festa fatta per lui. Quanti fra i fanciulli del popolo ivi presenti, avranno avuto bisogno di fruire dell'opera pia! E forse la voce materna avrà in quel punto sussurrato al loro orecchio una parola di riconoscenza, o una preghiera per coloro, che fra gli ozj della vita accorrono pietosi ad alleviare gli altrui dolori!

Intanto l'aria eccheggiava di canzoni popolari e d'armonie deliziose. Ci sono dei momenti della vita così belli, così, diroi, celesti, che pare essere trasportati dal mondo della realtà in quello dei sogni. Il fascino di quella sera era di tal genere appunto.

Faceva tardi, nè la folla era minore; si avrebbe detto che i Veneziani si attendessero a malincuore lo scoccare dell'ora che gli avrebbe tolti a quel luogo di delizie.

Ma quando, a mezza notte, le gentili venditrici, compiuta l'opera loro, che fruttò agli Ospizi marini oltre 41,000 lire, abbandonarono quel giardino che esse avevano tanto contribuito ad abbellire, anche la gente si diradò.

A poco a poco tutto tornava nel silenzio e nella oscurità; nell' anima dei Veneziani rimaneva però indelebile quel vivo sentimento, che non ha pari in dolcezza, di aver, cioè, generosamente adempiuta un' opera di vera filantropia. (*)

(*) La memoria di questa festa, della quale, a mio credere, va giudicato, che per lo meno gareggino in pregio il vantaggio derivato alla causa della umanità e l'onore agli animi gentili che concorsero a favorirne lo splendido risultamento, fu con perspicace e generoso pensiero eternata con apposita medaglia dal Cavaliere Jacopo Morena di Novara. Egli ne faceva lavorare nel rinomato suo stabilimento buon numero di esemplari, che mandava in dono alla Commissione, onde fossero venduti a favore degli Ospizj.

Nè per questo atto di generosità soltanto merita encomio quel Cavaliere, sì ben'anco pel gentile indi usato alle signore che maggiormente cooperarono al miglior esito della Fiera, rimettendo a ciascuna di esse altra medaglia commemorativa.

INDICE

FINE